DER KINDERMORD

BERTHOLD AUERBACH

Es sitzen drei Freunde in stiller Nacht bei der hell brennenden Lampe. Draußen wirbelt der Schnee, aber in den Herzen der Männer lodert ein stilles Feuer.

Sie haben vom Vaterland gesprochen, von seinen Schmerzen und Hoffnungen; die Gläser stehen unberührt vor ihnen, auf ihren Angesichtern liegt der Gram, und stumm sitzen sie einander gegenüber.

»Wißt ihr was?« sagte der Jüngste, der es liebte, von tiefer Betrübnis in Scherz überzuspringen. »Wißt ihr was? Wir wollen uns dranmachen, eine Preisfrage zu beantworten. Der Verein gegen Tierquälerei hat die Preisaufgabe gestellt: ein Mittel zu finden, wodurch man die Hunde von gewissen Tieren, Flöhe genannt, befreien könne, ohne die Flöhe ihrer Lebensberechtigung zu berauben, das heißt, ohne sie zu töten? – Was meint ihr dazu? Ich schlage einen Verein zur Auswanderung der Flöhe vor: Man fängt sie alle, bindet sie in einen Sack, und es ist nur noch die Frage, ob wir sie nach den Donaumündungen oder nach Amerika schicken, um dort eine Kolonie anzulegen.«

»An diesen Vereinen gegen Tierquälerei!«, sagte der andere, ein Mann mit grau gemischtem Barte, »da haben wir wieder ein Beispiel, wie die Niederträchtigkeit und Heuchelei so vieler Menschen es wagt, sich und anderen was vorzugaukeln, sich den Schein des Guten beizulegen. Menschen, die sich demütig bücken, wenn die Rechte des Volkes zertreten werden, weiche Butterseelen, die vor jedem Sonnenblick hoher Gnade zerfließen möchten, die die Achsel zucken über jeden, der durch Wort und Tat für das einsteht, was er für Recht hält – solche Menschen laufen einem Wagen nach, auf dem Schlachtkälber liegen, und erforschen genau, ob die Kälber auch menschenfreundlich gebunden sind; ja, sie rufen am Ende die hohe Polizei, die Beschützerin aller Menschenfreundlichkeit und Güte, zu Hülfe! Was sollen uns jetzt die Tierquälervereine? Ein wohlerzogener, freier Mensch wird nichts bedrücken, was ihm untergeben ist; er wird einsehen, daß jedes Wesen auf der Welt sein Recht hat, das man ihm nicht durch Gewalt verkümmern darf; er wird also auch kein Tier mutwillig quälen und bedrücken. – Aber das ist es eben. Man spielt den Menschen eine Kinderrassel in die Hand, um sie vergessen zu machen, daß sie noch was anderes zu fordern das Recht haben.«

»Ich wüßte auch noch so ein anderes«, sagte der Dritte, der ein Arzt war. »Die ganze heutige gebildete Welt stützt sich auf einen geregelten Menschenmord.«

»Meinst du die Todesstrafe?«

»Nein, oder doch: man wird bei der Geburt zum Tod verurteilt. Ihr wißt, ich bin hier seit fünf Jahren an der Gebäranstalt angestellt. Tausende von unglücklichen Geschöpfen sehen hier der schweren Stunde entgegen, da sie einem neuen armseligen Wesen das Leben geben. Die meisten Mütter werden dann als Säugammen in die Häuser der Reichen gezogen; sie geben ihr eigenes Kind einer sogenannten Ziehfrau und bezahlen wöchentlich einige Groschen dafür. Es sind verwilderte und leichtsinnige Geschöpfe unter den Müttern, denen es lieb ist, wenn ihr Kind bald stirbt; denn von zehn sogenannten Ziehkindern stirbt die Hälfte in den ersten vier Wochen.«

»Ist das wahr?«

»Ich habe vielleicht noch die geringste Zahl angenommen. Die Ziehmütter, meist alte, hartherzige Frauen, haben oft fünf, sechs und mehr solcher Kinder in Pflege. In der ersten Zeit kochen sie ihnen wohl besonders, dann aber müssen sie mitessen, was der ärmliche Tisch bringt. Der junge Magen kann das nicht annehmen und verdauen, die Kinder schreien und schreien erbärmlich, sie nehmen nichts mehr zu sich, zehren zum Gerippe ab und nach wenigen Tagen sind sie – Hungers gestorben.«

»Entsetzlich!«

»In einer nordischen Hauptstadt, wo reich begabte Anstalten zur Bekehrung der Hottentotten sind, wo die zarten Frauen gar fleißig Hosen stricken, um die schamlosen Wilden zu bekleiden – in dieser Stadt ward vor wenigen Jahren eine peinliche Untersuchung gegen einen alten Unteroffizier geführt, der im Verein mit seiner Frau ein ähnliches Geschäft betrieb. Der gute Schnurrbart kommandierte die Kinder, wenn sie schrien, ganz ordonnanzmäßig, die unverständigen Rekruten hatten aber keinen Appell, und er machte sich selber zum Kriegsgericht und diktierte eine Prügelsuppe, dann machte er sich selber zum Korporal und prügelte die Kinder, bis sie still waren« Sie waren bald ganz still. Der gute Schnurrbart hatte nicht mehr getan, als was täglich geschieht; er hatte die Kinder getötet, statt daß man sie sterben macht. Wozu sollen auch die gemeinen Racker leben? Etwa um den Vornehmen zwischen die Füße zu rennen, wenn sie spazierengehen wollen?«

»Du bist fürchterlich mit deinem kalten Spott«, bemerkte der Jüngere dem Arzt, »du bist stumpf geworden gegen dieses himmelschreiende Elend.«

»Ich berichte nur, was geschehen ist und geschieht. Ich könnte dir aber eine Geschichte erzählen, die den ganzen Jammer und die Rache eines verirrten geraden Gemütes darstellt. Habt ihr Mut, sie zu hören?«

»Mut? Erzähle! Erzähle! Nichts darf zu grausenhaft sein, wenn es die Wahrheit zu Tage fördert.«

»Nun wohlan. Es sind jetzt drei Jahre her, es war eine Nacht wie heute, ein Schneegestöber, das fast den Atem benahm; man konnte sich in den gasbeleuchteten Straßen der Stadt kaum zurechtfinden. Ich war zu dem reichen Kaufmann F. geladen. Der Mann lebte glücklich, was man so nennt. Er hatte eine jener Partie-Heiraten geschlossen, die sich in Stadt und Land tausendfältig finden, und die einst eine Frau zu der Äußerung brachten: ›Wenn du nicht mein Mann wärest, gingest du mich ja gar nichts an.‹ Kurzum, der Mann war glücklich, und jetzt doppelt, denn seine Frau trug eine frohe Hoffnung unter dem Herzen. Als ich in den runden Saal trat, wurde eben der Tee herumgereicht. Nur die beiderseitigen Schwiegereltern und eine Schwester der Frau waren zugegen. Die ganze Zimmerreihe des Hauses war geöffnet, geheizt und erleuchtet. Die junge Frau sollte sich Bewegung machen, und sie ging nun ab und zu durch die Zimmer. Man hörte keinen Tritt auf den weichen doppelten Fußteppichen. Ich setzte mich zur Gesellschaft. Die Mütter nähten an Kinderzeug von weichem Linnen, die Schwester häkelte eine Decke von geschmeidiger Wolle; in der Ecke stand eine Wiege, von grünseidenem Vorhang überdeckt. So oft die Frau, den Befehlen der Mutter gemäß, sich in den anstoßenden Zimmern bewegte, sprach man von der schweren Stunde, welcher alle mit Entzücken und Bangen entgegenharrten. Sinn und Herz war damit beschäftigt, den kleinen Weltbürger weich und warm zu betten. Mir wurde besonders aufgetragen, für eine gute und gesunde Amme zu sorgen. Die Schwester, eine kluge und edle junge Frau von starkem Geiste, wenn auch von schwächlichem Körper, sagte: ›Ich konnte mich nie dazu entschließen, eine Amme zu nehmen. Ich hätte gewünscht, daß Adele es auch nicht täte. Es empört mich immer, wenn ich sehe, wie man diese Ammen hätschelt und verdirbt: Sie werden wie Königinnen behandelt, dürfen nichts Unangenehmes erfahren und müssen immer das Beste haben, und was soll später aus ihnen werden? Und welchen Einfluß muß das auf die anderen weiblichen Dienstboten haben? Sie, die sich von Vergehen rein halten, müssen den Gefallenen und Leichtsinnigen untertänig sein, müssen allen Launen und Anmaßungen derselben nachgeben. Das ist sittenverderbend und empörend.‹ Die Frau wurde etwas barsch von der Mutter zurechtgewiesen und eine Schwärmerin genannt. Ich hatte noch das Vorurteil des Mannes zu widerlegen, der den allgemeinen Irrtum vorbrachte, eine Frau bleibe länger schön, wenn sie ihre Kinder nicht selbst säuge. Ich zeigte ihm das Falsche und Naturwidrige dieser Ansicht.

Die junge Frau war hinzugetreten; um sie nicht aufzuregen, mußte von anderen Dingen gesprochen werden. Man sang, man erzählte lustige Geschichten, um sie heiter zu stimmen. Das schöne junge Weib, das still dasaß, sein selbst vergessen und nur der Zukunft gedenkend, glich einer Heiligen. Denn eine Frau, die ein zweites Leben unter dem Herzen trägt, ist eine Heilige; selbst die Rohesten und Wildesten begegnen ihr mit Ehrfurcht.

Ich schied spät in der Nacht aus dem Hause. Auf der teppichbelegten Treppe dachte ich, wie glücklich dieses kommende Geschöpf sei; wieviel liebende Arme, wieviel freudig glänzende Augen sich ihm zuneigen. Auf der Straße warf mich das Schneegestöber fast nieder, denn ich war so in Gedanken dahingegangen. Mit Schnee und Wind kämpfend, war ich endlich an meiner Wohnung in der Gebäranstalt angekommen. Als ich die steinernen Stufen hinansteigen will, da erhebt sich etwas mir zu Füßen. Mir stehen alle Haare zu Berge. ›Was ist das?‹ rufe ich. ›Ach Gott!‹ erwidert es, ›um Gotteswillen erbarmen Sie sich meiner.‹ – ›Wer sind Sie?‹ – ›Elend! Elend!‹ erwidert es mit kläglicher Stimme. ›Ich muß sterben, ich und mein Kind.‹ – Ich sehe nun beim Schein der Lampe ein Mädchen, dessen Kopf mit einem großen roten Tuch umwunden ist; sie wischt sich den Schnee aus dem Gesicht. Ich klingle schnell. Die Arme umfaßt meine Knie und ruft schluchzend: ›Ach Gott! Wir sollen nicht sterben. Ich komme heute sechs Stunden her von G. Ich habe es nicht mehr ausgehalten. Sie haben mit Fingern auf mich gedeutet. Hier im Wirtshause haben sie mich ausgelacht und wollten mir keine Herberge geben; ein roher Bursche wollte mich mißhandeln, und ich ging fort. Ich habe nicht mehr gewagt, an einem andern Wirtshaus anzuklopfen, und da habe ich hier gewartet, bis unser Herrgott einen guten Menschen schickt.‹

So sprach das Mädchen unter Weinen und vom Froste geschüttelt, bis endlich der Hausmeister öffnete. Ich ließ eine Wärterin wecken, die Fremde ins Bett bringen, verordnete alles Erforderliche, und nach einer Stunde lag sie in festem Schlaf; nur bisweilen zuckte ihr Körper krampfhaft auf. Ich konnte lange nicht einschlafen. Mich quälte ein Gedanke, den ich nicht zu fassen vermochte: Was hegte wohl der Weltgeist in sich? Er, der mit einem einzigen Blicke die in Wohlleben und Liebe eingehüllte Mutter dort und die auf den schneebedeckten Stufen Hingestreckte hier – beide mit einem Blick überschaute ...? Ich konnte den Ausweg nicht finden und beruhigte mich endlich in dem zuversichtlichen Glauben, daß der scheinbaren Verwirrung eine tiefe Ordnung zugrunde liegt, die sich erst herausarbeiten muß; daß der höhere Geist, der alles regiert, seine verborgenen Wege wandelt.

Ich sollte schaudernd das Ziel sehen.

Am andern Morgen fand ich die Fremde gekräftigt und fast ganz hergestellt. Auch mich hatte jene Weichmütigkeit verlassen, die mich gestern abend so beklommen gemacht. Ich trat in das Zimmer der Fremden. Ich wußte schon im voraus, welche klägliche Geschichte, mit Seufzern eingefaßt, ich hören würde. Ich bin schon zu oft betrogen and getäuscht worden, um nicht streng auf der Hut zu sein. Das ist der Jammer, daß Lüge und Betrug uns oft gegen die Wahrheit verschlossen und blind machen. Und doch sollte es Grundsatz aller Menschenfreunde sein: lieber gegen zehn Unwürdige edelmütig zu handeln, als einem einzigen Braven die verdiente Liebe und Güte zu entziehen. Dem ist aber nicht so, und es ist nur gut, daß wir oft minder klug sind, als wir sein möchten; daß das unverdorbene Herz den weisen Mahnungen des Kopfes oft davonläuft.

Ich traf die Fremde heiter und wohlgemut, sie dankte mir mit aufrichtigen Worten. Sie war – nach ihrer Aussage – die Tochter eines begüterten Bauern, der durch schlechte Wirtschaft und öftern Wechsel des Wohnorts in Armut versunken war. Sie hatte noch bessere Zeiten im elterlichen Hause gesehen. Vater und Mutter sind tot, und das Mädchen – sie hieß Christiane – diente seit drei Jahren als Magd bei dem Postmeister zu G. Hier geriet sie zu Fall mit einem Knechte. Sie weinte bitterlich, als sie dies sprach, dann aber trocknete sie ihre Tränen, und ihr Auge glänzte hell, als sie von ihrem Bräutigam – so nannte sie ihn stets – erzählte. Sie schilderte ihn als einen kernbraven und arbeitsamen Menschen, sie konnte seines Lobes nicht satt werden. Er wollte sie heiraten, aber da sie beide ganz ohne Vermögen waren und nichts als arbeitsame Hände hatten, erhielten sie nirgends die Bürgerannahme. Sie sprach von den Nächten, die sie einsam durchweint und wie ihre Mutter im Grabe keine Ruhe finden könne, weil ihre Tochter vom Wege des Rechten abgegangen sei. Sie erzählte, wie ihr Bräutigam sich ein Leid antun wollte, aus Kummer über das Vergehen. Dann aber sagte sie wieder: ›Unser Herrgott will mich strafen für meine Sünden. Ich will gern alles über mich nehmen, wenn nur das arme, unschuldige Geschöpf uns erhalten wird. Ich will gern arbeiten, bis mir das Blut unter den Nägeln hervorläuft, und ich und mein Bräutigam werden in einigen Jahren schon so viel verdienen, daß wir nach Amerika auswandern können.‹

Ich gestehe, diese Geschichte rührte mich wenig; ich habe deren schon so viele, halb aus Wahrheit, halb aus Lüge geschmiedet, erfahren. Als aber nach wenigen Tagen der Bräutigam eintraf, ein schmucker Bursch mit trotzigem Gesicht, der aber jetzt so zerknirscht war wie ein Verbrecher, als er mir mit zitternder Hand einige Groschen geben wollte, und in der Furcht vor Beleidigung sagte, ich könne dafür Christianen einige schmackhaftere Suppen kochen lassen: da gewann ich eine bessere Ansicht von dem Verhältnis dieser beiden Leute. Der Bursche gefiel mir besonders wohl. Es war einer jener Menschen, die nicht zu danken gewohnt sind, denen die demütigen Worte schwer vom Munde gehen, weil sie lieber nur das empfangen, was sie mit Recht fordern können. Ich gestehe, ich liebe solche Naturen. Es ist so viel Bettelhaftigkeit und Kriecherei in der Welt, daß es mir wohl tut, selbständigere Naturen zu sehen, die Freundlichkeit und Güte frei hinnehmen, wie wenn sie sagen wollten: Wenn ich in den Fall komme, dir was zu erzeigen, soll's gerade so gern geschehen.

Am zehnten Tage nach ihrer Ankunft genas Christiane eines kräftigen Knaben. Die Freude, die sie beim Anblick des Kindes hatte, ist unbeschreiblich. In dieser Minute wich alle Trauer und alles Ungemach von ihr: sie war ganz eine glückliche Mutter. Und als sie sagte, das Kind sei dem Vater wie aus dem Gesichte geschnitten, da war ihr Angesicht strahlend von Glanz übergossen.

Acht Tage später gebar die Frau des Kaufmanns F. gleichfalls einen Sohn. Ich schlug nun Christianen vor, dort als Amme einzutreten, da sie ein schön Stück Geld verdienen würde. Sie sah mich mit aufgerissenen Augen an, drückte ihr Kind an sich, und große Tränen standen ihr in den Augen. Sie holte schnell Atem und konnte nicht sprechen, endlich sagte sie: ›Ich kann nichts darüber sagen, mein Bräutigam kommt heute zur Taufe.‹ Das Kind wurde getauft, ich sollte zu Gevatter stehen, hatte aber keine Zeit und, aufrichtig gestanden, auch keine rechte Lust. Ich wäre Allerwelts-Gevatter, wenn ich alle Anerbietungen annehmen wollte. Zum Danke für mich erhielt indes der Knabe meinen Namen: Anton. Der Bräutigam wollte das Kind mit auf ein Dorf nehmen, um es dort zu versorgen, ich riet ihm auch dazu; aber Christiane machte zur Bedingung, daß, wenn sie als Amme eintrete, ihr Kind in ihrer Nähe bleiben müsse. Es ward einer bekannten Ziehfrau übergeben. Noch denselben Abend brachte ich Christiane in das Haus des F. Sie zuckte zusammen, als sie das fremde Kind an ihre Brust legen sollte.

Das gab sich aber bald, und Christiane wohnte wie eine Fürstin in einem gleichmäßig durchheizten Gemache. Mit dem Kräftigsten und Nahrhaftesten wurde sie gesättigt und getränkt, alles war ihr zu Diensten, und das Kind des F. – es erhielt den Namen Hermann – gedieh von Stunde zu Stunde. Christiane sah jetzt ganz hellfarbig und zart aus, sie sang und scherzte den ganzen Tag und hatte nicht Liebkosungen genug für das Kind. Wir mußten oft über ihre Ausgelassenheit lachen. Es ist wunderlich, wie erfinderisch die Leidenschaft in Liebes- wie in Scheltworten ist. Da ist nichts zu widersinnig, was man nicht vorbringt. Wenn Christiane sich in Liebesworten gegen Hermann erschöpft zu haben schien, fand sie immer noch Neues und sie sagte, die Zähne übereinanderbeißend: ›O du ... du ... goldene Linsensuppe‹, ›du ... du ... zuckrige Ofengabel‹ und dergleichen. – Glaubet nicht, Christiane wollte den Schmerzensschrei in ihrem Innern übertäuben; es ist ein geheimer Zug der Natur, daß eine Amme das Kind wahrhaft liebgewinnt. Mir wurde Lobspruch und Dank für die Beischaffung der guten Amme. Ich erhielt den Dank eines Sklavenhändlers! – Der Winter schlug schnell in den Frühling um. Christiane durfte mit dem Kind in der Mittagsstunde nach dem sonnigen Paradeplatz gehen. Der Kaufmann F. hatte ihr einen neuen, schönen Anzug nach ihrer Bauerntracht fertigen lassen. Christiane wäre lieber in Stadtkleidern, in fremder Hülle ausgegangen; aber man liebt es, der Welt zu zeigen, daß man eine kräftige Amme vom Lande habe, und so mußte sie die schönen Kleider anlegen. Sie trug das Kind, das in weiche, seidene Kissen eingehüllt und mit einer leichten Decke zugedeckt war, und hielt behutsam noch einen Sonnenschirm, um die allzu eindringlichen Sonnenstrahlen abzuhalten. Die junge Frau sah zum Fenster hinaus. Ich begegnete Christianen, als sie eben auf die Straße trat. Sie sah sich scheu um und sagte mir: sie käme sich wie verkauft und ausgewechselt vor, als ob sie eine fremde Person wäre, es sei ihr so bang zumute; sie solle auf dem Paradeplatz den von der Börse heimkehrenden Vater mit dem Kinde im Freien überraschen.

Auf dem Paradeplatze waren noch mehrere Genossinnen, meist leichtsinnige Geschöpfe, die dem aufziehenden Militär mehr Autmerksamkeit widmeten als den Kindern auf ihren Armen. Christiane wurde nun gefragt, ob ihr Prinz schon Adje gesagt habe. Eine fieberhafte Angst überfiel sie jetzt. Sie hatte ihr Kind erst einmal gesehen, seitdem sie es verlassen. Am Tage, als der reiche Taufschmaus gefeiert wurde, brachte es die alte Ziehfrau und erhielt reiche Geschenke an Essen und Trinken. Christiane benahm sich damals ihrem Kinde gegenüber fast ganz fremd; ein sonderbares Gefühl hatte sich ihrer bemächtigt, ihr Herz war wie verlarvt. Jetzt überrieselte sie ein eiskalter Schauer. Sie rannte durch feuchte, enge Straßen, hin zu ihrem Kinde. Sie fand es schreiend, allein in der Kammer, eine halbgeschälte gesottene Kartoffel lag auf seinem Bettchen; es war abgemagert und sah gelblich aus. Als sie jetzt den kleinen Hermann ansah, da – so erzählte später die Ziehfrau – war es, wie wenn sie ihn mit ihren Blicken töten wollte. In diesem Blicke lag: sieh, dort ist der Räuber, der dir deine Mutter, deine Nahrung, dein Leben raubt. Sie sank an der Wiege nieder und schluchzte laut; die beiden Kinder schrien mit. Dann erhob sie sich wieder, faßte ihr Kind, herzte und küßte es; sie reichte ihm die Brust, aber es trank nicht; sie hob es scherzend über dem Kopf empor, und es schlug ihr wie spielend ins Gesicht. Sie zankte nun mit der Ziehfrau, und schnell überkam sie wieder die Angst, sie mußte nach Hause – und fort eilte sie mit dem weich eingehüllten Hermann. Zu Hause mußte sie einen tüchtigen Zank aushalten, soweit man eben gehen wollte, um dem Säugling nicht dadurch zu schaden. Alles war in höchster Bestürzung gewesen. Der Vater war von der Börse nach Hause gekommen, man hatte das Kind nirgends gefunden. Christiane wollte nicht sagen, wo sie gewesen war und gab vor, sie habe sich verirrt gehabt. Es ward nun beschlossen, sie dürfe nie mehr allein ausgehen. Der kleine Hermann schrie und winselte den ganzen Tag. Ohne meinen Willen ward ich der Verräter, wo Christiane gewesen war.

Die Erschütterung, die sie erfahren, hatte ihre Wirkung auf den Säugling geäußert. Man sprach davon, Christiane plötzlich aus dem Hause zu jagen; ich vermittelte und versprach, ein wachsames Auge auf ihr Kind zu haben. Ich hatte solches bereits; aber was kann das hier helfen?

Christiane war wieder ruhig und heiter wie zuvor. Am dritten Abende nach diesem Vorfalle war F. mit seiner Gattin bei den Eltern. Alles im Hause war ruhig. Christiane sang eines jener wehmütigen Volkslieder, an denen wir Deutschen am reichsten sind. Im Nebenzimmer arbeitete das Kammermädchen. Plötzlich eilte Christiane ans Fenster und riß es hastig auf. Das Kammermädchen fragte durch die Türe, was sie mache, sie solle schnell schließen, es käme ja Abendluft herein. Christiane erwiderte, ob sie nichts gehört habe, es sei ihr immer, wie wenn jemand unten auf der Straße ihren Namen rufe. Das Kammermädchen sagte, es höre nichts, das sei Einbildung. – Aber Christiane ließ es nicht ruhen; sie sprang im Zimmer umher, wie ein Wild im Käfig. Sie blieb stehen und horchte nach dem Fenster; alles war still, und doch hörte sie jetzt wieder etwas. Sie öffnete die Türe und ging hinaus. Draußen zog sie die Schuhe aus und schlich leise die Treppe hinab. Die Haustüre war verschlossen. Christiane öffnete ein Fenster auf dem Flur und wollte hinaus, es war vergittert. Sie schlich nach dem Bedientenzimmer, es war glücklicherweise leer, das Fenster unvergittert, und schnell war sie auf der Straße. Kaum daß ihre Füße den Boden berührten, jagte sie dahin durch die Straßen. Der Nachtwächter, an dem sie vorbeihuschte, erschrak heftig; unhörbar war sie gekommen und verschwunden. Fort eilte sie und gelangte endlich zu dem Hause, wo ihr Kind war. Das Haus war offen, die Frau war soeben zu einer Nachbarin gegangen. Christiane fand ihr Kind ruhig im Bette, es schrie nicht mehr, es stöhnte nur. Der Mond stand hell am Himmel und sah auf die Mutter nieder, die tränenlos sich über ihr Kind beugte. Die Ziehfrau kam mit Licht herbei. Christiane stieß einen Schrei aus, der durch Mark und Bein schüttelte, als sie ihr Kind sah; sie raufte sich die Haare, dann aber ward sie ruhig, legte das Kind an ihre Brust, und – o Seligkeit! – es schlug die Augen auf, langte mit dem Händchen nach dem Munde der Mutter und trank. Behutsam legte sie es nieder und küßte die Decke, unter der es schlief oder wenigstens die Augen geschlossen hatte.

*

Ich war auf meinem Rundgang eben an das Haus gekommen, und als ich drin laut sprechen hörte, trat ich ein. Christiane eilte mir entgegen und rief jubelnd: ›Mein Kind lebt! Mein Kind lebt!‹ – Ich aber sah den Tod, der jede Minute diese Augen auf ewig schließen konnte. Ich wolle Christianen bewegen, nach Hause zu gehen, sie aber war stolz oder in Gedanken verloren und hörte kaum auf mich. Sie sang ein Wiegenlied und wiegte das Kind fort und fort. Ich fühlte nach dem Pulse, er stand still … Sie wiegte ein totes Kind. Ich suchte nun Christiane mit Gewalt zum Heimgehen zu bewegen, ich hoffte, es ihr noch verbergen zu können. Sie aber faßte nochmals nach ihrem Kinde, und ich sah, wie eine Ohnmacht ihr durch den Körper rieselte; lautlos sank sie auf die Wiege nieder.

Als wir sie wieder zum Leben gebracht hatten, lächelte sie und sagte: ›Ja, es hat adje gesagt, mein Antonchen, aber es hat doch von mir getrunken, ja, ja.‹ Sie wendete sich hin und her und schüttelte mit dem Kopfe, wie wenn sie nach allen Seiten hin grüßen wolle. Ich hatte noch viel zu tun und befahl, daß Christiane hier bleibe, ich würde sie abholen. So durfte sie nicht ins Haus des F. zurück. Christiane ließ mich ruhig gehen, als ich aber fort war, überredete sie die Ziehfrau, sie zu begleiten. Still wie ein Lamm ging sie dahin auf der Straße.

Als sie am Hause F.s ankam, fuhr eben der Wagen durch das Hoftor. Christiane sagte: ›Laß mich jetzt hinein!‹ Und husch war sie drin. Sie schlich leise in die

Kinderstube, riß den kleinen Hermann aus dem Schlafe, küßte und herzte ihn und sang ihm vor:

> Schlaf, mein Kindchen, schlaf,
> Dein Vater hüt't die Schaf',
> Dein' Mutter –

Da öffnete sich die Türe, die Mutter trat herein. ›Was macht denn mein Kind?‹ fragte sie.

›Dein Kind!‹ rief Christiane wild rasend. ›Weg, weg! Dein Kind, mein Kind, ja, dein Kind, der Mörder meines Kindes!‹ Sie stierte wild vor sich. hin. ›Mörder, Mörder!‹ schrie sie und warf das Kind auf den Boden. Es stöhnte nur noch einmal auf – es war tot.

Ich trat eben in das Zimmer. Das Kind lag mit zerschmettertem Kopf am Boden, die Mutter ohnmächtig neben ihm; Christiane lief singend in der Stube umher. Ich war erstarrt. Noch dieselbe Nacht wurde Christiane in das Irrenhaus gebracht, es war ihr, wie man sagt, die Milch in den Kopf gestiegen. Nach vielen Wochen grausenhafter Raserei ist sie gestorben.

Die Ehe F.s ist kinderlos geblieben; er ist von hier weggezogen.«

*

So erzählte der Arzt.

»Entsetzlich!« riefen die beiden Freunde nach einer Pause, und der jüngere fuhr fort: »Das ist eine schreckliche Rache an einem einzelnen Unschuldigen für die Schuld von Tausenden. Es ist jämmerlich, wie wir mitten unter den schmählichsten Zuständen uns ein Glück zusammenleimen, so elend. – Hier muß geholfen werden.«

»Christiane«, schloß der Arzt, »war die letzte Amme, die ich besorgte. Ich habe durch meine Ansichten die Hälfte meiner Kunden verloren. Vor allem muß dadurch geholfen werden, daß man die Mädchen gesünder erzieht, damit sie Mütter im vollen Sinne des Wortes sein können. Mögen sie auch weniger auf dem Klavier zu klimpern verstehen, nur gesundeMenschen erneuen die Welt. Wo man aber notgedrungen eine Amme nehmen muß, sollten sich die Eltern verpflichten, über das Leben des Ammenkindes durch tägliche Fürsorge zu wachen oder, besser, das Ammenkind gleichfalls ins Haus zu nehmen. Ein Verein von Männern und Frauen, der sich hiezu verbände, wäre nicht außer der Zeit.«

»Gewiß, auf diesem Wege muß die Heilung versucht werden«, sagte der Graubart. »Es hat wohl seine Schwierigkeiten. Vorerst ist nötig, der Welt zu zeigen, wie sie inmitten von Mord und Sünde und Schlechtigkeit lebt. Sieht man das ein, so ist die Abhülfe nicht fern, wo sie auch sei.« Wer will hier anfangen zu helfen?